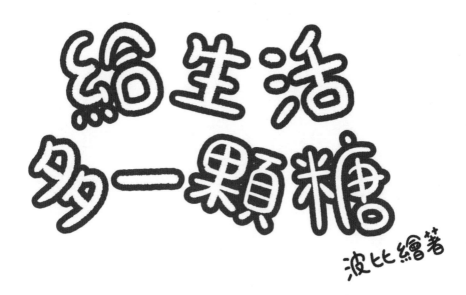

給生活多一顆糖

波比繪著

知出版

Hello ☺

嘩!不得了!你從第一頁看,佩服啊。我通常是從中間開始的,然後我都不會看簡介呢。真不敢相信我寫了一本書,因為我不擅長看書。我是喜歡亂翻一頁就看的那種人,所以在創作這本書時就決定不要目錄,希望做一本可以隨時隨地翻開任何一頁都能帶給你一絲

微笑的書

書中的主要角色有八粒，每一粒角色都代表了我心靈上不同的感受。

希望利用一個個小角色幫助大家找到身邊那一顆小小的糖，那一點小小的確幸。

最後，我希望這本書能夠鼓勵你對自己好一點，多花點時間和自己的內心聊天以及堅持你的夢想。Thank you　波比字♥

角色介紹

小湯圓

除了湯匙外，甚麼地方都不想去，
卻對外面的世界充滿好奇心。
跟呆珠是好朋友。

呆珠

珍珠奶茶中的一顆珍珠，只會一直發呆。
因為最希望開心，
所以臉上總是帶着笑容，
但內裏卻是心事重重。

柴火人

喜歡小水滴，有一顆灼熱的心，
經常不顧一切幫助別人，
有時會令身邊的朋友擔心。
另跟棉花糖是很好的朋友。

小水滴

來自水坑的小水滴，喜歡柴火人，
卻又明白自己不可以觸碰他。
會想盡方法去確認柴火人的愛。

鹹蛋黃

夢想自己有一天能夠成為太陽的鹹蛋黃。
跟抹茶圓是好朋友。

抹茶圓

一顆被吃剩的抹茶圓,很容易感到孤單。
從沒發現頭上一直有一顆小紅豆陪伴着他。

牛奶麻糬

整天喜歡睡在黃豆粉上的麻糬，
認為這個世界看着就覺得累。

在遠距離戀愛的棉花糖

一對熱戀中的棉花糖，被烤好後，
從此背對背黏在一起，
盼望有一天可以再跟對方見面。

咖喱魚蛋

一身咖喱汁的魚蛋，渴望可以結交到朋友，
但自卑的性格是他最大的障礙。

喔…你好

最近有好好吃飯嗎？

嘖嘖嘖…不夠不夠

我看你還是缺乏點糖分，
因為你都沒有笑容

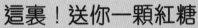

這裏！送你一顆紅糖

要好好珍惜啊！最後一顆了

#小湯圓與湯匙

我不知道這樣做是否正確

但我真的很想試一次

舒服多了…

不開心就讓內心不開心吧…

#發呆珍珠

喔！終於有人來了！

請救救我，我被綁架了

我一直被困在這裏，
大家都聽不到我的聲音

我並沒有綁架你啊！
我是在保護你，
我怕你會再受傷害！

但我有好多話想跟大家說

請相信我，這次我不會受傷的！

#內心聲音

我討厭自己

討厭下雨

討厭這又冷又濕的地方

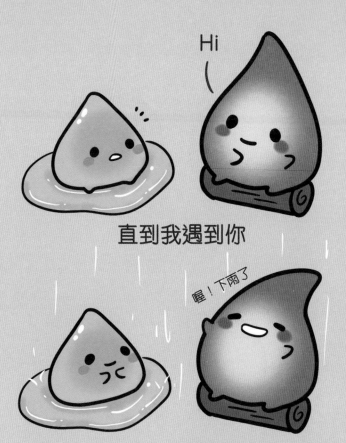

直到我遇到你

身為柴火的你，竟然最喜歡下雨天

我開始學會喜歡自己多一點了

我好像做甚麼都一事無成

我覺得你挺成功呢

你對成功的定義是甚麼？

給生活多一顆糖

你能勇敢去愛

謝謝你…

#鹹蛋黃 #抹茶圓

我們還是分開吧

你應該去找一個
能夠見到對方，
能夠照顧你的人

那不是很好嗎？

傻瓜⋯我離不開你的

因為我的心早就跟你連着

沒有你⋯哪會有我

#在遠距離戀愛的棉花糖

請永遠不要厭倦你的善良和仁慈

我明白被人利用的感覺是很糟糕的

有時候會想寧願做一個冷漠的人

但是像你這樣的人是非常重要的！

對這個世界也是超級重要的！

真的⋯

#小湯圓與湯匙

呆珠，你在做甚麼？

我嘗試從這飲管逃走，
但我卡住了。

為甚麼要一直堅持一些不會成功的事？

我不奢求成功，
也不希望失敗。

給生活多一顆糖

我只希望在我消失前…

沒有遺憾

至少我努力過…

#發呆珍珠

我覺得我很渺小

對，的確是

......

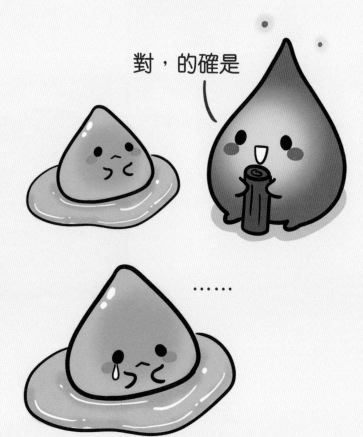

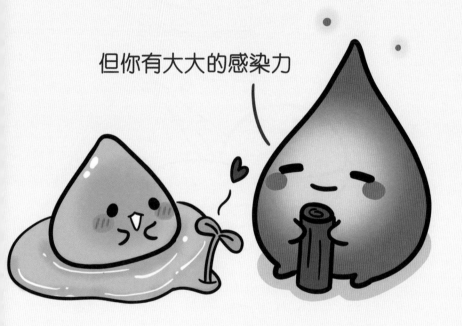

但你有大大的感染力

#柴火人與小水滴

跟我在一起無所事事
不會很無聊嗎？

我覺得好充實啊

跟你一起無所事事，並不是無所事事

#小湯圓 #牛奶麻糬

你可以當我的女朋友嗎？

不

我們只是兩粒火花，生命一閃而過
我怕我們沒有時間

對，在別人眼中
我們只會一閃而過

給生活多一顆糖

但在我眼中，你是我的一輩子

如是者，所有事物好像慢下來了…

這對火花好美！

#兩粒花火

喔！你好嗎？

你看起來好像有點憔悴呢

有好好休息嗎？

我知道啦　　　你就別對自己太過苛刻啦

#發呆珍珠

你還好嗎？

不太好

想跟我談談嗎？

不太想

對不起，我只想自己一個人

好吧

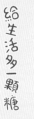

謝謝你的不離不棄…

#鹹蛋黃#抹茶圓

難道你甘願我們
一直看不到對方嗎？

為甚麼你可以
這麼樂觀？

雖然見不到，
真的很不甘心

但垂頭喪氣只會令我們錯過更多⋯
我只想抬起頭，
跟你製造多一點美好回憶

#在遠距離戀愛的棉花糖

小湯圓你拿着甚麼東西？

這是我的內心

喔！好可愛的內心呢！

給生活多一顆糖

為甚麼要弄碎它！？

因為只要我弄碎它，
那就沒有人可以傷害它了

那個… 請問你有膠水可以借給我嗎？

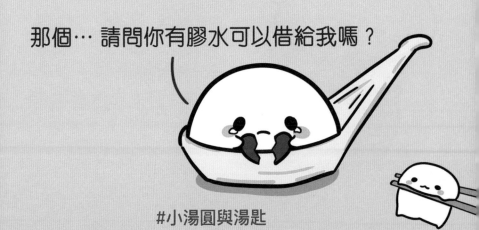

#小湯圓與湯匙

你有想念某人嗎？

想念一個人是痛苦的…

但能夠想念某人，
代表你曾經有機會去愛

給生活多一顆糖

代表你們曾經一起
創造了很好的回憶

想念啊⋯

是一種痛愛⋯

#發呆珍珠

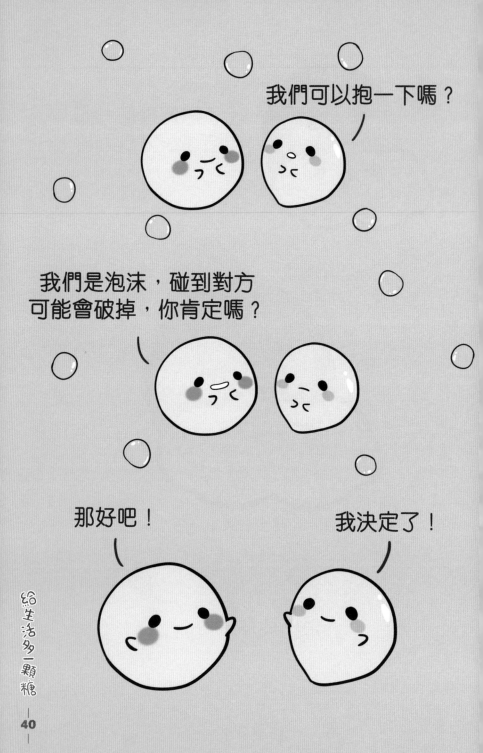

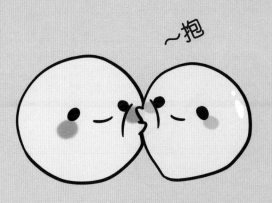

~抱

你看！我們合二為一了

pop...

在有限的時間裏，勇敢去愛…

#泡泡抱抱

雖然我看起來弱弱的…

但我有顆堅強的心…

我只需要喝杯熱茶…

或需要好好哭一場

或讓我睡一整天的覺

然後我就會強勢回歸

#小水滴

那個…你的地址是甚麼？

我想寄點愛給你…

#小湯圓與湯匙

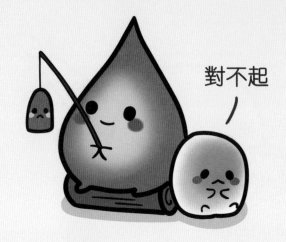

對不起

有時候，
我太敏感和情緒化了

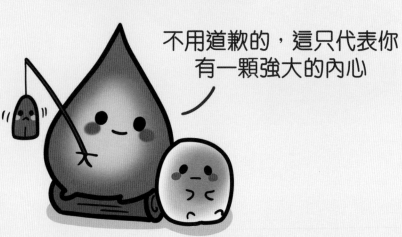

不用道歉的，這只代表你
有一顆強大的內心

給生活多一顆糖

願意表達你的感受是你的強項

謝謝你跟我分享你的感受啊

你要吃烤香腸嗎？

#柴火人與棉花糖

最近有很多煩惱嗎？

那就跟我發呆一下吧⋯

#發呆珍珠

哈！你這一生將會很糟糕

我只是今天過得不太好

我會從中學習，然後將來活得更好

所以…謝謝你！
因為你令我將來過得更幸福

擁抱那一天…那糟糕的一天

快走快走，去去去

#抹茶圓

如果你需要休息，那就休息吧

如果你需要哭，那就哭吧

如果你需要前進，那就前進吧

但如果你不知道自己需要甚麼

也沒關係

就跟着自己的節奏吧…

#小湯圓與湯匙

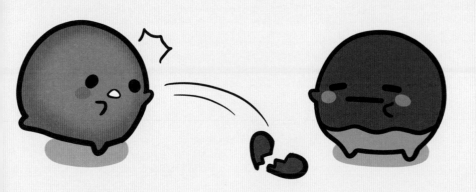

如果你不想接，為甚麼主動跟我要？

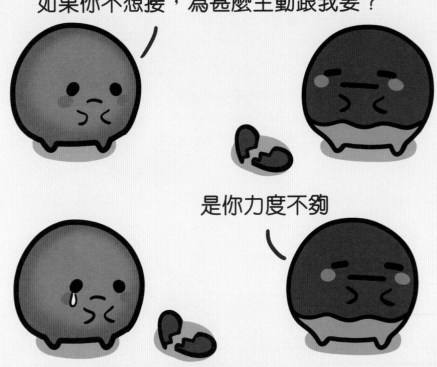

是你力度不夠

是我力度不夠嗎？

#鹹蛋黃#咖哩魚蛋

為甚麼只有深夜時才跟我說話？

因為深夜很靜，我才可以聽到你的聲音

是嗎？我只想跟你說，
我們可以休息一下嗎？我已經很累了

對不起，其實我也身不由己

喔，真的嗎？

那…抱一抱可以嗎？　　嗯！可以！

#柴火人與心聲

人生很無常的…

不知道何時會失去朋友或所愛的人…

甚至會失去了自我

給生活多一顆糖

然後這一切會在你不察覺的時候回來

新的愛情和更好的朋友

還有更強大的自我也得以重生

#發呆珍珠

有甚麼在困擾你嗎？

唉…我在擔心將來

將來？

對…這世界好像變得越來越傷心了

你好奇怪啊

為甚麼？

給生活多一顆糖

如果你是在擔心將來「未發生」的事

那你豈不是要讓自己困擾兩次嘛！

這不是很傻嘛

#小湯圓與湯匙

喔！你是甚麼東西？

boo...

喔！請多多指教！

我是你的恐懼啦

嗯？你不怕我嗎？

老實說，在你出現之前我還在怕

但現在我覺得你好可愛！

恐懼源於不了解

#柴火人與恐懼

我不是故意黑臉的

只是…強顏歡笑…

會令我覺得人生好累

好吧！我決定鼓起勇氣去看看這世界！

看夠了，這世界太殘酷了

#牛奶麻糬的生活態度

#抹茶圓#鹹蛋黃

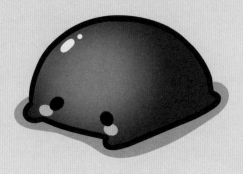

嗚嗚嗚嗚 ...

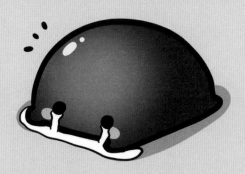

那個…呆珠…你沒事嗎？

擦擦擦

我沒事！

嗯！肯定！

你肯定？ /

逞強的你…真的好嗎？

#發呆珍珠

小湯圓⋯你知道嗎？

嗯？

我想放棄了⋯

為甚麼？

無論我多在乎，但好像甚麼進展都沒有

給生活多一顆糖

有時候啊⋯我們需要放棄，
並不是因為你不在乎

是因為⋯其他人不在乎

你已經做得很好了

#小湯圓與湯匙

不在乎你付出多少
就是簡單地愛着你

#柴火人與小水滴

別走！你可否跟我做朋友

可以呀

pop

ㄚ！

謝謝你…送我那短暫的快樂時光

#抹茶圓

今天陽光很好呢

你也出來吧

最近你也哭得太多了

給生活多一顆糖

今天就讓淚水休息一下

讓陽光灑入心窗吧…

#發呆珍珠

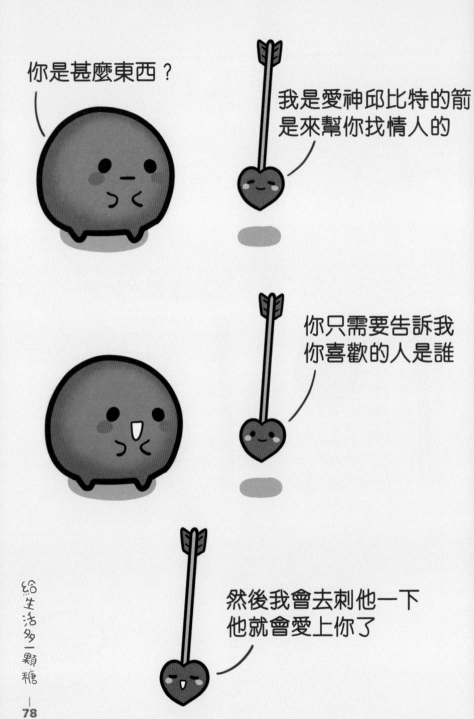

為甚麼要這樣做？

因為我希望愛自己多一些…

#鹹蛋黃

其實…你每天的心情都這麼好嗎？

當然不是　那你為甚麼經常都是笑着的

因為我想開心　喔！我也試試看

給生活多一顆糖

沒有…

你覺得有效嗎？

但我不會放棄的…

#小湯圓與呆珠

你知道嗎？
我的生命是很短暫的

當這蠟燭燒盡時，
就是我完結的時候

但沒關係

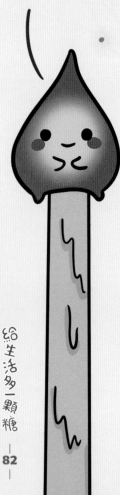

給生活多一顆糖

#柴火人

請記着我…

只要你心裏有我

就已經足夠了…
對嗎？

你太孤僻了，你應該要健談點

我有嗎？

沒有志願嗎？夢想呢？

我…

你應該要努力點，要為日後打算

#抹茶圓

放下…舒服多了

#發呆珍珠

你知道人生的意義是甚麼嗎？

我猜可能是花多點時間
在我們愛的人身上吧

或多點做自己喜歡的事

是喔…

那我覺得現在我們超有意義的！

喔！

因為有你…令人生有意義了

#小湯圓與小水滴

我應該起床，還是繼續睡呢？

如果我起來，可能今天會發現
一些新奇事物，那我會好開心的

但如果我繼續睡，我也會很開心

兩樣都好開心

好！決定了！

#牛奶麻糬的生活態度

有時候…生活令我們喘不過氣來

這時候我們需要做的是…

吸～

呼～

吸～　再吸！　～吸

不要忘記好好呼吸

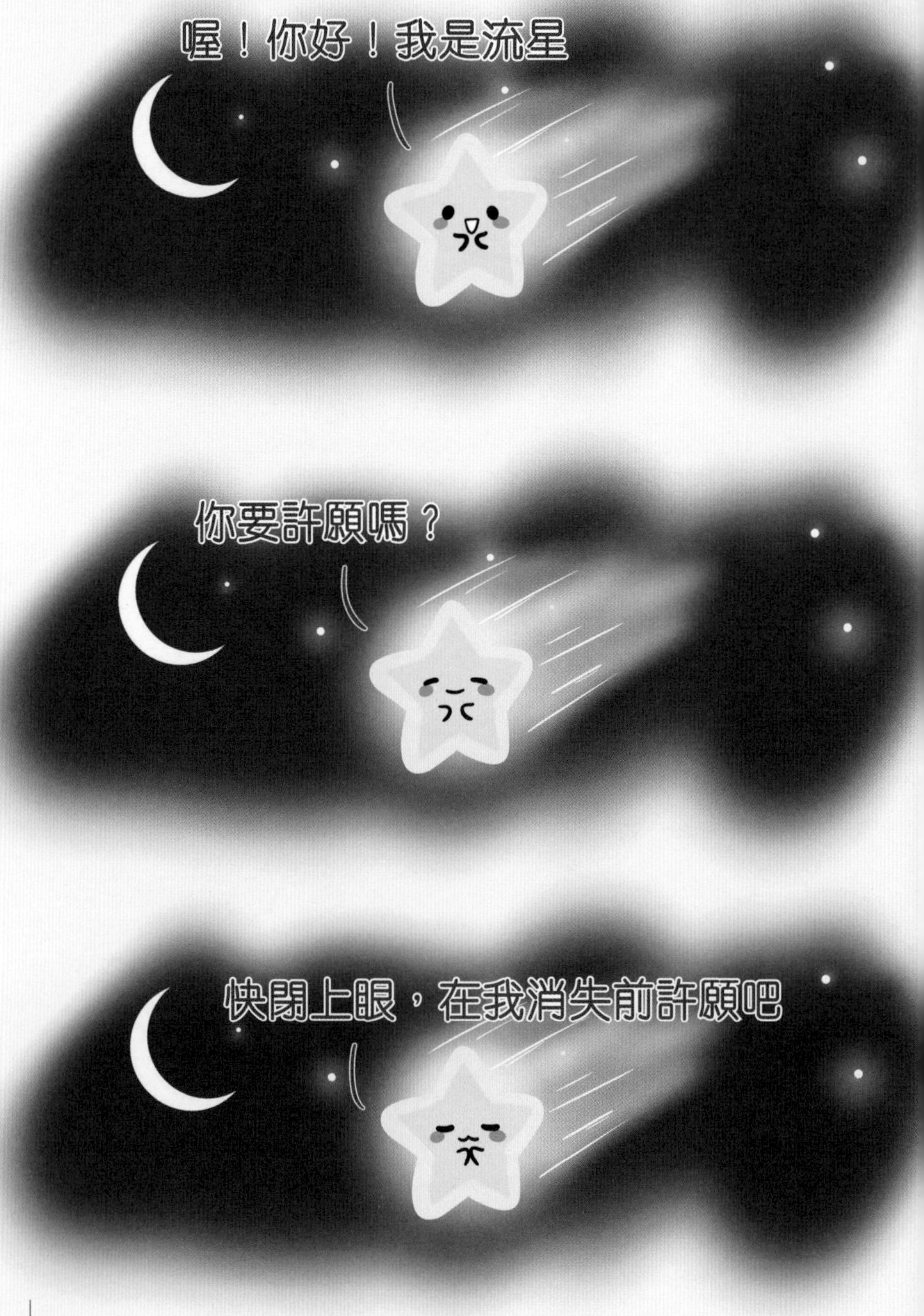
喔！你好！我是流星
你要許願嗎？
快閉上眼，在我消失前許願吧

別急，我可以等你的

還有其他願望嗎？

#願望流星

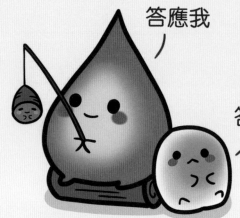

答應我

答應甚麼？

不要隱藏你的傷痛啊

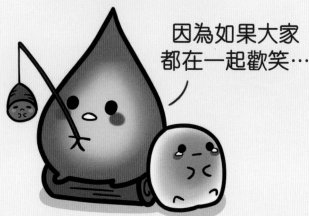

因為如果大家
都在一起歡笑…

給生活多一顆糖

但只有你一個在哭

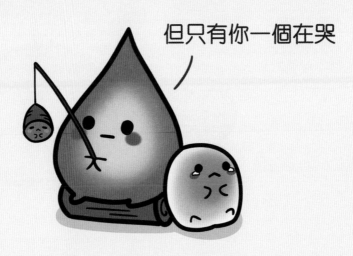

這是超不公平的

不可以自私哭啊…

#柴火人與棉花糖

我失眠了…

喔！為甚麼？

不知道，應該是有心事吧…

我們可以聊天
聊到天亮啊

好啊

給生活多一顆糖

我可以叫我們的
老朋友一起嗎？

沒問題，是誰？

Hi

涙水

太好了

今晚來好好哭一場吧⋯

#鹹蛋黃

你知道我有多喜歡你嗎？

嗯⋯

大概⋯

$-\infty \longleftrightarrow \infty$

#小湯圓與湯匙

悲傷 我不可以一直這樣背着你

你真的好重啊

請讓我走吧

我有很多事要去做，
而你一直在阻礙我

那…你回來時，
可以買點好吃的給我嗎？

可以！

想擺脫悲傷的自己，
但也很愛那個自己。

#發呆珍珠

我是來自未來的你，
我有一件很重要的事情要跟你說

喔！是甚麼事？

我知道你已經很努力了
而我以你為榮啊

給生活多一顆糖

我答應你，我也不會放棄的

嗯！

為過去的自己堅持下去

#抹茶圓

嗚嗚…我是小小鬼

沒有人看到我的

但我不介意

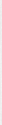

因為在我面前，
大家都不需要逞強

我只是有點介意大家聽不到我為他們打氣

你已經很努力了

#牛奶麻糬與小小鬼

時間差不多了

我們這短短幾秒的一生
就這樣平淡地過去了

一起做點偉大的事吧！

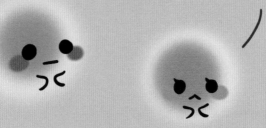

給生活多一顆糖

煙火璀璨的你，原來很美…

#兩粒花火

這束花很美…

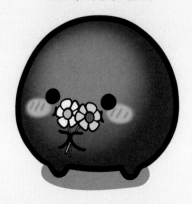

今天散步時，突然有位路人送給我的

雖然我不認識他

但他令我今天變得有意思

這朵送給你吧

願你今天也過得有意思

#發呆珍珠

喔！你在請人嗎？

對！

但你並不缺人才啊，你培育了很多聰明的人

我現在不需要聰明的人

那你想請甚麼人？

我急需多一點善良的人、勇敢去愛的人

因為我討厭戰爭…

#地球先生

啊！對呢…

但剛剛你是說「跟我一起去」，對嗎？

對呀，我們一起去…

我只需要知道是「跟你一起」就行了

#小湯圓與湯匙

我覺得沒有存在感

沒有生存的價值

跟着我做一次

剛剛是其中一樣

慶賀我們仍然在呼吸…

#鹹蛋黃#抹茶圓

喔！好久沒見了

啊？我認識你嗎？

你忘記了嗎？以前
你不開心時會找我傾訴

真得嗎！？

但當你長大後，
好像不太需要我了

給生活多一顆糖

有不開心都寧願
選擇自己一個人

對不起，那你究竟是誰啊？

我是你的淚水啊

喔！我記起來了…

#小水滴

喔！12 點了，是你生日

雖然見不到你，
但也想好好跟你慶祝

今年你有甚麼願望嗎？

給生活多一顆糖

讓我猜猜，一定是那些
想見我一面之類的吧

但無論如何，我答應你！
會陪在你身旁度過每一個節日

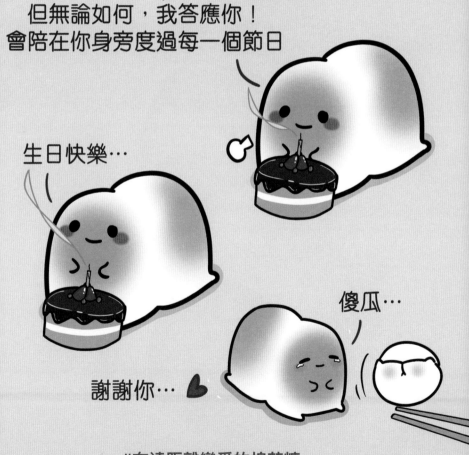

生日快樂…

傻瓜…

謝謝你… 🖤

#在遠距離戀愛的棉花糖

一個人生活好開心

沒有人理我幾點起床

沒有人理我吃多少、喝多少

沒有人理我幾點回家

沒有人⋯

真的沒有人⋯

#發呆珍珠

那個 ... 不好意思
我是新來的…

我怕我不能勝任這次的工作
請問我怎樣才能正面一點？

保持微笑和不要放棄

請問不要放棄甚麼？

善良和愛啊

#柴火人與小火苗

事情會一直這麼糟糕嗎？

也許吧…

但就算變得多糟糕，我也會陪着你的

給生活多一顆糖

然後事情就會變好嗎？

當然不會

但至少到時候我們可以珍惜彼此

#小湯圓與牛奶麻糬

我永遠都不夠好

我永遠都不夠好

我永遠都不夠好

嘿呀～

我永遠都不夠好

我永遠都　夠好

好味道

我永遠都　夠好

#小湯圓與湯匙

今天是最糟糕的一天

喔！你在這裏！

喔喔喔！從後擁抱！

謝謝你　謝甚麼？

剛剛那個擁抱
對我來說很重要呢…

再抱！

及時的抱抱…

#願望流星

~降落

給生活多一顆糖

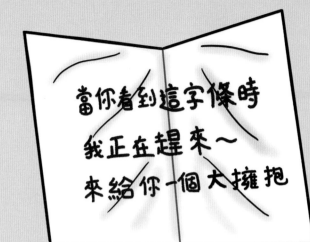

準備好了嗎？

來抱一個吧

歡迎收聽呆珠電台

我是你的節目主持人「白日夢」

24 小時在你腦海裏，
為你不停播放所有白日夢

給生活多一顆糖

由最經典的「我為甚麼要那麼努力？」
和懷舊金曲「今天不想上班」

到今天熱門推介
「我不知道晚餐吃甚麼好」
和「人生真的好難」

咕咕～

那現在為你播放
今天第一首歌曲「最近好倒楣」

喔！是我最愛的

#發呆珍珠

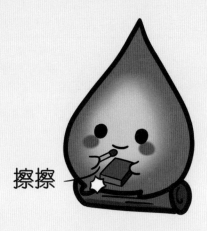

擦擦

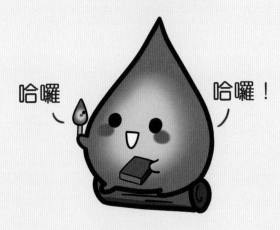

哈囉　　　　哈囉！

啊

擦擦

可以呀

我可以跟你做朋友嗎？

好高興認識到你啊

#柴火人與小火苗

我今天要搬離這裏了…

對，我是有點不捨得

但並不是我不想離開這裏

因為我的回憶已佈滿在每個角落

我怕這裏的回憶會漸漸變得模糊

還是⋯其實這地方早就離我而去

#抹茶圓

長大後我要變成一個大水坑

長大後我要變成大柴火

那你呢？

我…我想成為一棵大樹

沒問題啊，
我可以給你水分

而我會給你溫暖

謝謝你們！
但我只是一棵野草

...

...

#小火苗與小水點

啊！是流星！

我希望能認識到朋友

#願望流星 #咖哩魚蛋

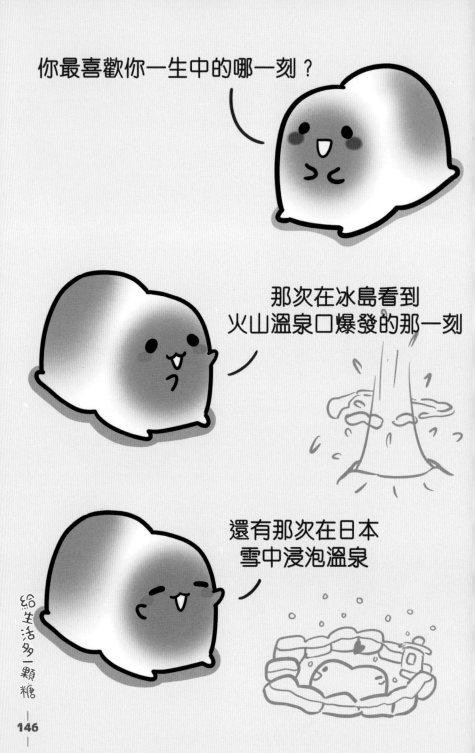

你最喜歡你一生中的哪一刻？

那次在冰島看到
火山溫泉口爆發的那一刻

還有那次在日本
雪中浸泡溫泉

給生活多一顆糖

你呢？

我啊…我的比較簡單

和你在一起的每一刻

#在遠距離戀愛的棉花糖

等等等等等...先別走！

嗯嗯嗯...

差一點點

你今天很美，我差一點就錯過了

你繼續看書吧，我不打擾你了

希望你今天也可以過得美麗…

#小湯圓與湯匙

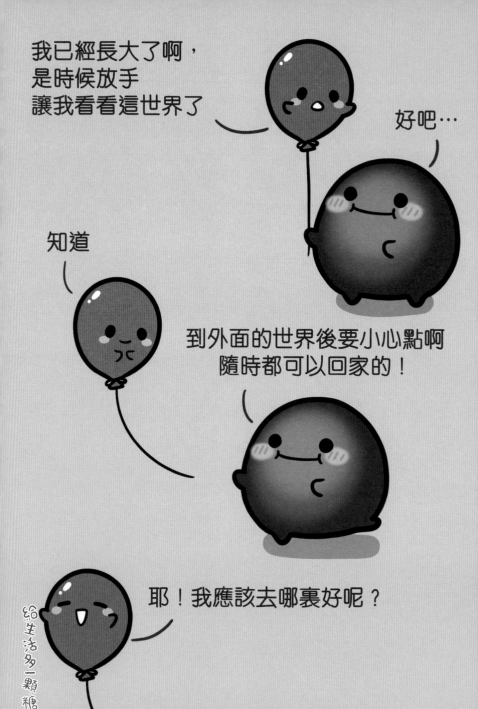

我已經長大了啊，
是時候放手
讓我看看這世界了

好吧…

知道

到外面的世界後要小心點啊
隨時都可以回家的！

耶！我應該去哪裏好呢？

給生活多一顆糖

#發呆珍珠

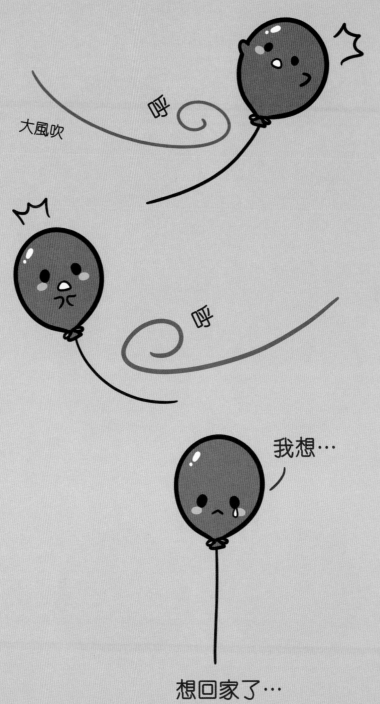

其實你會有傷心的時候嗎？ 當然會

甚麼時候？ 嗯…現在啊

給生活多一顆糖

沒事的，在我面前你不需要強顏歡笑

今天想哭就哭吧…
就跟我軟弱一下吧…

#發呆珍珠與抹茶圓

喔喔喔！想不到那麼快就到尾聲了
你們準備好了沒？
要好好感謝每一位讀者啊！

喔喔喔！準備好！

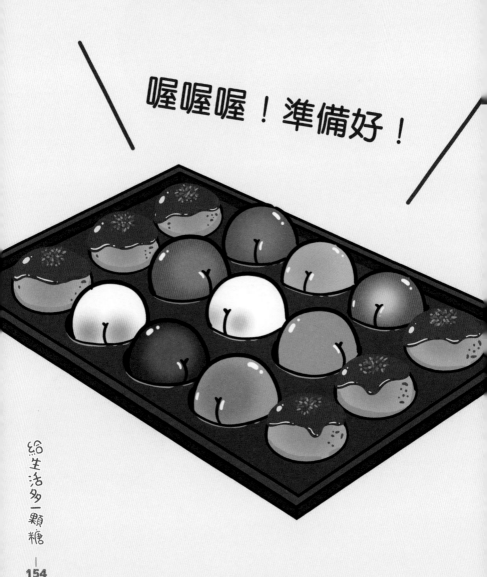

轉身！

真的真的非常感謝你
從一開始一直看到這裏！
因為你的支持
令作者先生埋藏在心裏多年的夢想
終於可以實現！

「我知道堅持很辛苦，
你已經做得很好，
請不要放棄，有一天
會證明一切都是值得的」

作者先生
波比字

喔！不要忘記拿這顆糖

完

 ig：ohlittlesweet

繪著
波比

責任編輯
吳煥燊

裝幀設計
鍾啟善

出版者
知出版社
香港北角英皇道 499 號北角工業大廈 20 樓
電話：2564 7511　　傳真：2565 5539
電郵：info@wanlibk.com
網址：http://www.wanlibk.com
　　　http://www.facebook.com/wanlibk

發行者
香港聯合書刊物流有限公司
香港荃灣德士古道 220-248 號荃灣工業中心 16 樓
電話：2150 2100　　傳真：2407 3062
電郵：info@suplogistics.com.hk
網址：http://www.suplogistics.com.hk

承印者
中華商務彩色印刷有限公司
香港新界大埔汀麗路 36 號

出版日期
二〇二二年六月第一次印刷
二〇二三年八月第三次印刷

規格
大 32 開（210 mm × 142 mm）